U0074071

一頁・知青

主編 陳秋貝
封面繪圖 謝秀鳳
內頁繪圖 莊煒明 林育玫 范瑀嫻

推薦序

一頁知青，趕上花開的時刻

兒童文學作家／李威使

秀嬌老師邀請我為學生的詩集寫推薦序，一開始我不敢貿然答應，覺得「詩」的殿堂崇高聖潔，豈是我等平庸之徒可以褻玩焉。但其實內心裡，好羨慕又嫉妒這群中學生，你們好幸福，不遲不快，正好趕上了這時刻，來到這學校，遇見有心的學校，集結有心的老師，如同遇見一棵開花的樹，在它最美麗的時刻。

你們可以肆無忌憚的讀詩、理直氣壯的聊詩、盡情揮灑的寫詩，學校甚至把你們寫的詩，認真慎重地搜集起來，集結成冊。你們不曉得自己就像是手中握有NBA總冠軍第一排座位的門票（或是五月天演唱會門票?），啊!換成是我中學時期，能有這樣的學習經驗，羨慕的我心都揪了起來了，這樣你們能稍稍了解，為什麼我一開始談到為這本詩集寫序的時候，其實我對「詩」的刻板印象是那麼遙遠，那麼錯置嗎?因為我不曾有過親近詩的青春時光，讀詩的文章僅限於課文裡的那幾首，課堂上有關詩的教學（其實散文跟小說的教學也同樣慘烈）永遠只限於修辭、格律與背誦，課堂外聊詩寫詩是羞赧的行為，甚至必須隱晦地進行，彷彿親近詩就會揹上什麼為賦新詩強說愁的少年維特之煩惱或慘澹文青的符號。這樣不健康的讀詩環境，直到脫離了考試桎梏，才終於能夠面向大海，春暖花開，從今以後，做一個談起詩不會羞愧的人。所以，親愛的孩子，能遇上一個友善讀詩、有老師教你們寫詩的學校，你要知道，即使在這個時候，也是不容易的，好好用詩，記錄你們的青春。

好，來談你們寫的詩。

你們的詩，有的還保有童詩的趣味，有的已品嘗到早熟的青澀，而這正是你們現在年紀呈現出來的真實樣貌。

在你們的詩中，我看見有些詩句正像毛毛蟲吐出的詩蛹般，一字一句地將自己包覆起來，準備蛻變成蝴蝶。

有好幾首，好幾首詩句，讓我驚艷不已，例如：

「弓如孕婦……箭行萬里毫不留情／分娩那時／也是離世之時」

「當這天一來臨／有股莫名的興奮……長大後／常是一個被遺忘的日子」

「把我的時間與金錢／吞噬掉／換來的只是那不對等的成就感／但又一再促使著我」

「地球在太空裡跑／太空在銀河裡跑／誰都　下不了車／誰都不知道／最後的目的地在哪裡」

「以拋物線劃過天空／用完美姿態空心入網／清脆的一聲／唰～彷彿海面激起了一道浪花」

在看似溫室的環境裡，度過風暴的少年時期，從毛毛蟲蛻變成展翅的蝴蝶，也許有一天，你曾經寫詩的心靈，曾經拍動的翅膀，將掀起遙遠海面上的一場風暴。

《一頁・知青》，紀錄這群毛毛蟲蛻變成蝴蝶的幸福時光，致用心採集這絲絲細縷的師長們，謝謝你們把詩帶回到孩子的生命中。

推薦序

靈感巧思，如銀河之飛流直下

內壢國中校長／謝益修

任時光如白駒或流水，
在青藤爬滿的青春裡，
我們依然放肆地活著，
盡情書寫感動……

在這個美好的時刻，我很榮幸為內中學生詩集作品撰寫序言。首先，我要向所有參與創作的學生們致以最高的敬意，感謝他們在創作過程中付出的努力和時間，以及對詩歌藝術的熱情和熱愛。我更要說聲感謝，內中教師從楊秀嬌老師到林育玫老師，始終致力推動校園閱讀風氣，從圖書館利用、明日閱讀、媒體識讀、閱讀理解、跨域走讀到寫作分享，更進一步集結學生創作成為作品集，這真的是一件偉大的教育工程，也徹底改變了內中這些年的校園文化。

讀是「吸納」，寫則是「輸出」。詩，是一種表達情感和思想的藝術形式，能夠讓人們在言語無法表達的情境下，用最純粹的文字來表達內心的感受和情感。這些獲選作品在許多方面展現了學生們的優秀才能，包括詞句運用、結構設計和內容表現等；他們用獨特而生動的語言，描繪出了豐富的情感和經歷，從而呈現出一種美麗而複雜的人生觀。這本詩集有的譜寫了生活的美好，有的描繪了對自然的景仰，有的表達了對愛的感悟，有的則是反思了人生的意義；透過這些詩歌，我們得以感受體會到這些孩子不斷探索和成長中所經歷的心路歷程，將情感和思想展現得淋漓盡致，更展現了他們獨特的創意和文學天賦。

因此，我要向這些詩文作品的孩子表示最崇高的敬意，你們的創作熱情和才華令人驚嘆，作品更為我們帶來了無限的啟發和感動，願你們在文學創作的道路上越走越遠，繼續展現出你們的才華和創造力，為我們的社會和國家貢獻更多的文化和藝術精品。

推薦序

詩心如同曠野之鳥，在泥上留下靈動的爪痕

內壢國中教務主任／陳秋貝

少女時期愛詩、讀詩，偶爾嘗試寫詩，在日復一日繁重的課業壓力及升學枷鎖中，為自己覓得一方小小天地，徜徉於詩海之中，拜讀余光中、席慕蓉、洛夫、鄭愁予等當代詩人作品，啟發了我對現代詩的認識。在那個無名小站部落格流行的年代，我也和許多同窗好友一樣，有無數個夜晚坐在電腦前，輸入的字字句句，為記錄生活所思所感的篇篇絮語，雖說少女情懷總是詩，卻不免有為賦新辭強說愁之感。若是當時能有一位老師指導我創作，鼓勵我投稿，或許我也能為自己累積一些作品吧？

因此當我聽到秀嬌老師在退休前夕，計畫為內中的學生們出版一本學生詩集，真是開心極了！秀嬌老師擔任本校圖推教師多年，對於推動校內外閱讀教育、指導學生寫作，皆著墨甚深。用心的秀嬌老師，總是不吝為學生提供創作舞台，用心蒐羅學生的優秀作品彙編出版，並為小作家們熱熱鬧鬧地舉辦簽書會，期勉學生能筆耕不輟，創作更多動人篇章。

這本詩集蒐集了一百七十一首學生詩作，主題豐富多元，孩子們以純真的心靈觀察世界，用精煉質樸的文字創作，讀來倍感親切，誠摯邀請您留些時間給這些小作家，閱讀孩子們用心寫下的小詩。

如同印度詩人泰戈爾的詩句：「我的心是曠野的鳥，在你的眼睛裡找到了它的天空」。美麗的作品需要伯樂欣賞，期待藉由詩集的出版，獲得更多中學生的共鳴。願每個孩子都願寫、能寫、樂寫，我想那肯定會是每位努力耕耘寫作教學的老師們最深的期盼。

丹紅繡球花盛開，是夏日的初聲。圖書館落地窗畔的日照廊，在謝秀鳳老師畫筆下，縈繞著回憶與現實中連綿不斷的青春笑語；萬分感謝秀鳳老師靈動的彩筆，讓這本詩集熠熠生輝，宛如披上彩鳳之翼，遨遊天際。才子如徐偉逸老師賦予本詩集「一頁．知青」書名，一張書頁就是一個季節，輪轉於世間、於心底，唯有偉逸老師有此渾然天成的命名功力。更感激矢志將文學、閱讀帶入學子生命中的「小威老師」——李威使老師——應允為本詩集撰寫推薦序文，無異是對內壢國中有志寫作的學生，最強而有力的鼓舞。最後，感謝內壢國中大家長　益修校長在陀螺轉的日常裡硬是掰出時間撰寫推薦序文，校長說「讀是吸納，寫是輸出」，讀與寫間是自我對話、自我省思與自我療癒，十分幸運，但凡學校閱讀課程推動，校長總是不遺餘力地支援。詩集將在初夏付梓，在清艷如繡球花的季節裡，帶著前述幾位作家師長的祝福，讓內壢國中的文風長久。

目次

一場戲

黃憶鈜

欣賞，是張海報
喜歡，是張劇門票
暗戀，到了院門口不知不覺
告白，音樂劇序曲
一場戀愛，轟轟烈烈、高潮迭起
最後，是什麼結果呢？
佳評如潮還是門可羅雀呢？

人生

涂瀓真

一人獨處時
能夠沉澱心靈
與朋友相處時
像增加了生活的興奮劑
抱持著對世界的
好奇與樂趣
你會發現
萬物靜觀皆是美
你會發現
幸福就在你身旁

下課鐘聲

袁子翔

世上最好聽的聲音
是下課鐘聲
聽到下課鐘聲
壓力瞬間消失
下課鐘聲
是學生的提神飲料
下課鐘聲
讓全校學生精神百倍
下課鐘聲
是大家努力堅持的目標

為了下課鐘聲
堅持了一堂課

下雨天

蔣俊承

只要一到下雨天
就會看到許多的雨傘
五顏六色的傘在路上行走
從遠處看
像極了許多的瓢蟲
慢慢的往家走
準備回到溫暖的家

弓

古青恩

像堅強的孕婦
捧著裝滿個性的肚子
帶領無數的飛鳥
在戰場上廝殺
使箭行萬里
毫不留情
分娩那時
也是離世之時

不經意

宋朵盈

你的不經意
傷了原本擔心你的家人
你的不經意
破壞了你和朋友的友誼
你的不經意
使愛你的人離你而去
你的不經意
感覺沒什麼
實際上傷了許多人的心
你一語不發

只怪他們想太多
也怪
你的不經意

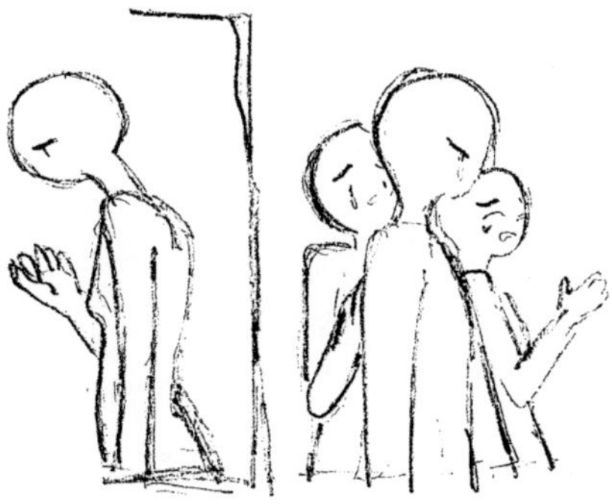

公告欄

孫秉謙

我身上貼滿了紙
五顏六色的單子
各式各樣的事件
走失的貓
不見的狗
吸引了民眾的目光

公雞

羅方佑

你這台小鬧鐘
真討厭
一個個的屋頂
都是你的舞台
你從這個舞台
吵醒大家
降落在另一個
華麗的舞台

太陽

陳禹喆

每天都和公雞同時起床
照亮大地
蘊育萬物
像熱心的老師
引導我們走向光明的未來

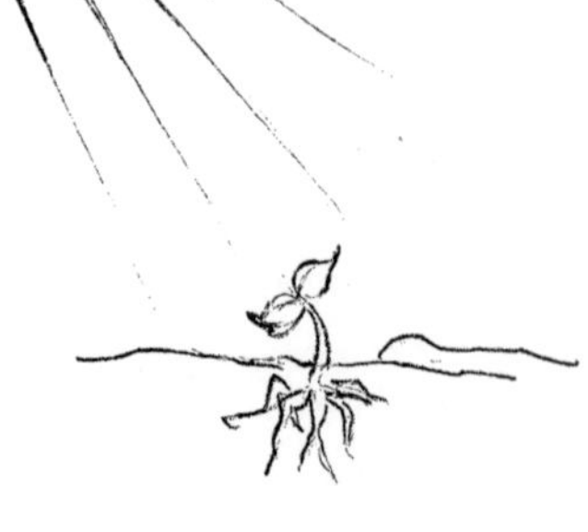

心情

王宇綸

猶如天氣
陰晴不定
有如向日葵
為了太陽改變方向
總為了別人
改變自己

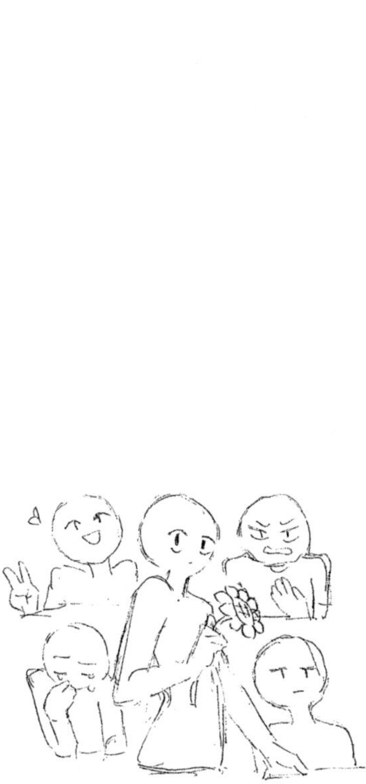

文明

康銘淳

一隻水泥構成的巨獸
侵入了古老的樹林
改變了神祕的海洋
佔領了無邊的天空
於歷史終結之時
僅有一片虛無

月兔

沈香穎

我是一隻勤奮的兔子
早上搗麻糬
做完了
分給月亮婆婆
分給灰夜姊姊
分給兔子弟弟
晚上
我的星星朋友
和我們一起玩
一起看著地球
所以我們不孤單

月亮

張昀喬

黑暗的夜晚
天上突然出現了一根香蕉
難道是嫦娥買的
一天又一天
她慢慢地變了形狀
變成一顆大球
圓圓又亮亮
難道是嫦娥在玩球
我躺了下來
閉上了眼睛

等到再次睜開時
她就跟著嫦娥
一起消失了

月與孤寂

王羿婷

孤獨的明月
在無人的街道
靜默的
不曾離開
散發著光芒
等待著
約定廝守一輩子的
那個人

日常

許佳幀

指針不停在轉動
從出生那一刻起
黑色的星期一
撕碎的昨日
複雜的公式
想也沒有想
就把時間吞下

水

廖靖雯

正義的使者
清洗惡劣的心
有百變的形態
澆熄惡火
拯救枯萎的花草
賦予人們活下去的
生命之泉
無所不在

水

謝婕耘

我是自由且忙碌的旅行者
哪兒都見得到我
我時常在各種地方停留
卻從來不定居
時常幫助各種人事物
卻從來不求感謝
被染污　被浪費
也不願停止腳步
直到旅途結束
再回天上
和同伴準備下一次的旅行

毛毛蟲

鐘巧沂

翠綠的顏色
肥肥的身型
不急不徐的
在葉子上爬行
蛻變後
成美麗的蝴蝶

外婆家

鍾妤筑

門前有大海
門後有大山
海風吹阿吹
吹散的是煩惱和不悅
吹來的是希望和喜悅
太陽照阿照
照去一切的不安
照來的是溫暖的安慰
心中的微笑
永遠能在外婆家找到

末日

林彥均

末日之時　樂聲迴盪
盪出所思　盪出所念
人將回到　孩提時代
末日之時　哀聲迴盪
盪出所悔　盪出所憾
始從今日　不復存在
末日之時　怨聲迴盪
盪出所憤　盪出所恨
人將走向　世代結局

生日

邱品瑄

像是定時的鬧鐘
當這天一來臨
有股莫名的興奮
期待友人的祝福
期待家人的禮物
可惜
長大後
常是一個被遺忘的日子

冰凍永恆

黃詠倢

匆匆復匆匆
時光無意間凍結
帶走了生命的精華
卻也遺留永恆的記憶
夢如人生
人生如夢
萬物如夢幻
銅牆鐵壁也有崩毀的一天
剎那如泡影的輝煌

衝衝復衝衝
衝到生命的末端

不願再做一蹶不振的活死屍
遇到瓶頸
在努力的推波下
在堅石的阻瀾下
才能激起絢爛的浪花

陷入迷宮的漆黑
闖入了無底的深淵
俄而遺忘激流的險惡
拚命和死神決鬥
在生與死
光明與黑暗的一線之差間
不怕生命的渺小、柔弱
剎那間
冰凍永恆

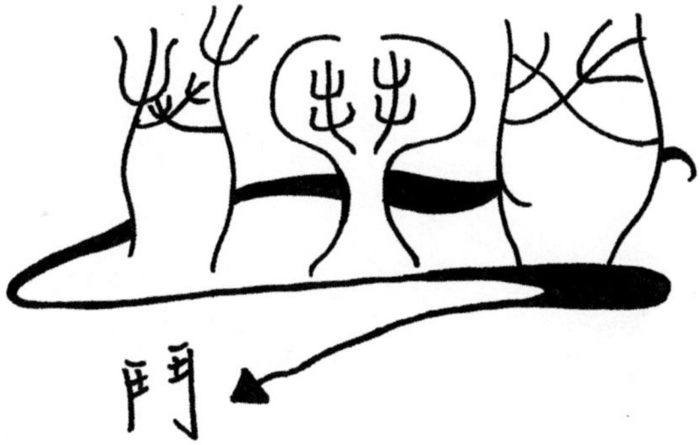

冰

陳佳樂

在冰箱裡
在飲料杯內
在受傷的手腳上
在企鵝腳下
在北極熊腳下
無所不在
快不在了

冰山

李季澤

當人類不停消耗能源
當人類不停製造廢氣
冰山
正在不停地顫抖
直到溫度過高
坍塌成海

再見

吳庭葳

離別時分
數不盡斷線的珍珠
緩慢的
從兩條魚尾巴落下
兩條仍在游水的魚
閃著落寞
閃著無神
悄悄的
我開始期待
下一次相見

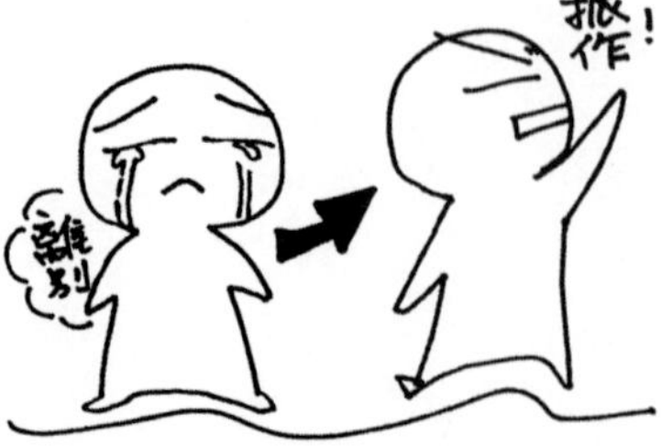

向前

曾梓晴

揮灑青春的汗水
背負夢想的行囊
昂首闊步
固執而堅強
一起走吧
夢開始的地方

意外

陳可婕

瞬間
規律失去了準度
內心開始躁動
毫無防備
闖進
心底

閱讀

吳昀珊

進入
穿越
未知
悠遊書海
御風飛翔

學習壓力

林沛岑

一頭巨大的野獸
逃竄
吃掉書本裡
歪歪扭扭
字字句句
我抱起了牠
拍拍背
揉揉手
蜷伏在我懷裡
化為溫馴的兔子
陪我成長

英文

林芳鈺

你幻化成26個分身
擁有千變萬化的姿態
在我腦海裡
手舞足蹈
我無法理解你的語言
你的世界
卻要我努力拼湊
你的人生

烏鴉

鍾政禾

以訛傳訛的謠言
緊緊黏著
漆黑的翅膀成為不祥
能帶我到多遙遠的地方
渴望
脫去
黑色詛咒
就在那突破天際的高塔上
一躍而下
重生

老了

吳佳蓁

白髮變多了
皺紋變多了
通往家門的樓梯變長了
漸漸
走不動了

時過境遷

曾品嘉

鬱結如茶葉
在沸水中
舒展
泛黃的往事
正
淡淡的吐露
苦盡
甘來

彼岸花

王妍珈

彼岸花
開黃泉
只見花
不見葉
生生相錯
生生相惜
轉世輪迴
只為與君相見

數學

殷詠柔

加減乘除
讓我陷入苦思
XYZ
把我推進深淵
曾經
認真面對
卻如
牛郎織女
默默無語

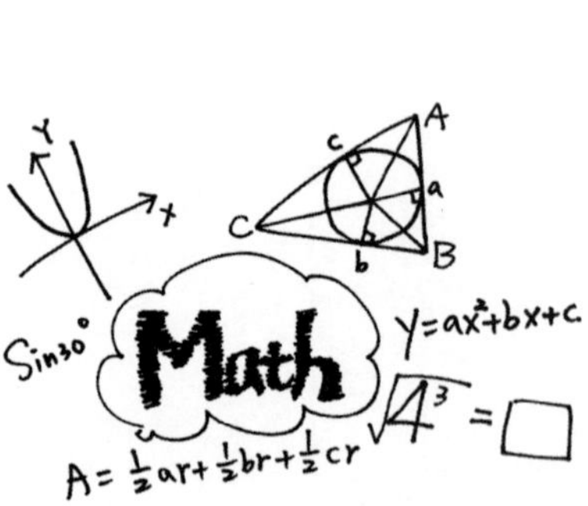

影子

林佳鈺

黑
看不見過去
就如
鏡中不見的自己
虛無存在

回憶

陳宏澤

感覺才剛過不久
卻早已經過數年
曾經的照片
在此刻
變成了兒時的畫面

地球

李旻寯

我給了人類一個家
也給了無限的資源
而人類卻用汙水幫我洗澡
用斧頭幫我修頭髮
讓我和太陽一樣在發熱
但不是在發光
而是越來越黯淡

早晨

吳采函

月亮休息了
雞舍裡的小雞還沉睡著
地上
勤勞的螞蟻起床了
天上
成群的鳥兒開心的
玩鬼抓人

考試太難

葉哲瑋

考試科目不用準備
考完試後分數不見
考不及格很有經驗
回家媽媽拿著寶劍
人生太難只想抱怨
孔子都不給點顏面
我再也不信什麼神仙
考試就是我的夢魘

自由

陳庠霖

我
在社會的牢籠裡
望向天空飛翔的鳥兒
心想
如果能像鳥兒自由就……
剎那間
鳥兒被老鷹抓走了
原來
自由也是有代價的

你的天空

林姵如

今天的天空
特別藍
是你經過了嗎
在一個
擁擠的城市
或許
只是你的風景
天空會消失
但你永遠在我的心裡

我看魚

劉宓

我送你，一隻魚，
你把它放在魚缸裡。
我看你，說看魚，
你的神情沒有懷疑。
我說你，只看魚，
你笑著回答別生氣。
我終於，告訴你，
請你待在我世界裡。
你笑意，沒看魚，
我會永遠陪伴著你。

這心意，無法避，
你是我的不可抗力。

我的宇宙・到不了的星球

羅文翔

如這美麗星球是你
我是受遺棄的人工衛星
已無燃料再向前進
電波則是不了了之
怎麼辦
只能呆呆的幻想
只能默默的看著
儘管我
仍一直在憂傷著

沒人知道

林璨亞

戲劇終會謝幕
表演終會結束
再堅持也有放棄的一天

戲劇何時謝幕？
沒人知道　除了演員
表演何時結束？
沒人知道　除了歌手
堅持的人何時放棄？
沒人知道　除了失望

走過

蔡秀萍

走過的路，無法歸回，
就如樹樣，凋謝的樹，
再也無法歸。

人失去的事，
再也回不來。
哭過的事，
也收不回來。

垃圾

紀培恩

被人類遺忘的
汙穢沒有用處的
廢物
在垃圾場的一個
黑暗角落
獨自哭泣

夜後即天明

劉又瑄

夜晚降臨　黑暗徬徨
後頭未知　前途迷惘
即使恐懼　覆蓋堅強
天明到來　復見陽光
明日依舊　存在希望

孤夜

宋承蒲

沉默的夜晚
是我最痛苦的時刻
朋友啊
你在哪裡
只能在心中等待
照亮黑暗的一刻

抹布

呂學評

二十元的抹布
可以擦掉桌上的汙漬
五十元的抹布
可以擦掉存在已久的汙漬
不知多少錢的抹布
可以擦掉
我心中痛苦記憶

明星

黃品靜

我不是天生就閃閃發光
我不是從小就多才多藝
我是一天天慢慢努力
不放棄且繼續堅持
成為舞台上
閃亮的一顆星

松鼠

王耀陞

你這個跑酷高手
真厲害
一棵棵壯麗的大樹
是你的遊樂園
你從這座遊樂園
跳起
降落在另一個
雄偉的高樓上

社會科好難

范瑋宸

地理真是沒有理頭
誰會西藏來個旅遊
歷史總一決雌雄
放了一堆死掉人頭
公民真是創意無窮
奇怪名詞沒有理由
社會科真的好難

花

陳柏宇

我在一個花園裡看見了那一抹紅
喜得你的甜美笑容
歡樂的那個早晨
你便是那朵我最難忘的

花

傅千芸

薰衣草穿上了紫色的裙子，
紅玫瑰穿上了鉝鉝的短裙，
菊花戴上了一個金黃的黃冠，
蘚花們穿上了美麗的衣裳，
在草原上不停的舞蹈，
漂亮極了。

花開花落

楊宇恩

花開花落
破碎的你我
昔日　青春　盛夏
如今　落葉
不再想　著墨
放下　且　隨風

表演者

周玟伶

舞台上的光
像陽光一樣撒落在我們的身上
特別的習慣
是我們表演時專屬於自己的亮點
揮灑的汗水
是我們在舞台上散發著的光輝
無數的夜
無數的練
誰都別想用唾沫把這些
全部都抹滅

雨傘出來了

簡君芮

雨傘出來了
小雨滴說
人人手上有一把
東一把
西一把
南一把
北一把
小雨滴說
哎呀
傷腦筋

這麼多漂亮的傘
我該選哪一把
來陪我跳舞呢

長大

沈家婕

小樹苗朝著高高的陽光生長
小魚兒朝著嚮往的大海游去
成熟了
懂事了
卻不開心了
是否在過程中丟掉了什麼
那最初始的純真

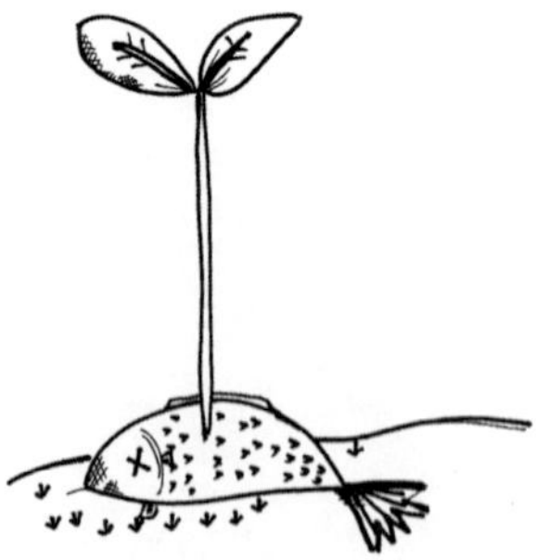

青春

林均彥

年輕的時候
冒險
勇敢
打鬧
談戀愛
年輕真好

俄烏原是同源

廖子堯

原是同源
但今卻分裂
原是同源
卻因宗教
破壞了和平
原是同源
而因政治
使戰火燎原
硝煙四起
百姓何時能安寧

思念

何語晴

我親愛的小狗
怎麼不見了
我夢見
牠還在我懷裡
溫柔地對我撒嬌

思念

趙珈瑩

可惜思念無聲
幸好思念無聲
每當我在窗臺前看見你
我必心動
看一次心動一次

但當我聽聞你有另一伴
我失望透頂
雖然我也覺得配不上你
但我真的很喜歡你
不過一切都來不及了

思念

韋子軒

獨坐空樓台
身旁無故人
望泊停萬船
思君何時歸

思念

陳霆浩

一張琴
彈出悅耳的旋律
卻道不盡
此刻
我對你的思戀
為何
我們如此想念
頃刻間
離別的眼淚
在無人的夜
潸然落下

星空

杜祐羽

昔日的雲彩
如今已不知去向
翱翔的飛鳥
也悄悄落下
當流傳下來的兩塊大餅不再發光發亮
漆黑的夜空
誰來照亮
月亮扯斷了頸上的珍珠項鍊
太陽撒金粉
在夜空中閃閃發光

星空，女孩，巧克力

劉宓

銀色粉塵灑落無邊天際。
宴會刺眼的華燈，
頭頂柔和的月明，
之下是女孩的闌珊意興。
餐車與服務生，
巧克力與千層。
她回首一愣，
綻開笑容，
如夜中亮星。

春天

劉芳宇

萬物甦醒了　小草萌芽了
綻放著五彩繽紛的花朵
給大地穿上美麗衣裳

悅耳的鳥鳴
劃破清晨寂靜
春天氣息撲面而來
溫和的輕撫臉龐

春　是個鳥語花香的季節
處處充滿希望

春天

王芷嫻

冬去春來
櫻花盛開
蝴蝶破蛹而出
大自然散發著春天的氣息
生命的起源就在此刻
大地換上一件綠色新衣
為下一篇故事開啟了新的詩篇

春日

吳芃諭

初雪時　最後的道別
為你　掛滿了一樹黃絲帶
我依舊盼望著你歸來
你卻永遠沉睡
在那無盡的藍
花開　春日已悄然到來

春

潘詩穎

在春天綻放的
你未施脂粉的面容
因微風吻過
染上一層淡淡的粉

你造訪了大地
拜訪了人間
蜂蝶見妳美麗的姿態
洋溢著幸福的微笑

妳在最燦爛的年華
嘩！霎然消逝
只留下一片片嫩綠
伴著黃鶯歌唱

昨夜

曾子昀

昨夜
我抱著興奮又期待的心情與你相遇
但
換來的不是真心和誠意
而是敷衍和冷漠
你和我之間的話語
一瞬間成了你我心裡的一道牆
牢固的把我　擋得一絲縫都不露
如果有來生
我寧願把你從人生劇本裡塗改掉
也不願再讓自己被踐踏

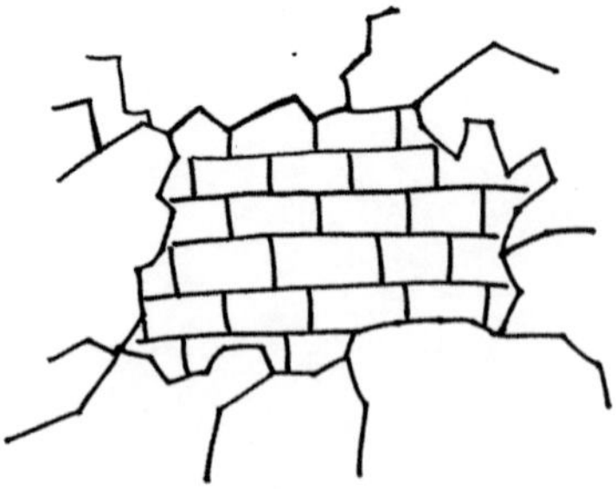

流星

范為傑

在我生命的最後一刻
我用超快的速度環遊世界
最後在沒有人的地方消失不見
但你們對我許下的願望
我會幫你們一一實現

流星

許詠婕

銀白的光影閃過
從漆黑中滴落
來不及接住
黑夜的淚水
在黑暗中　蒸發

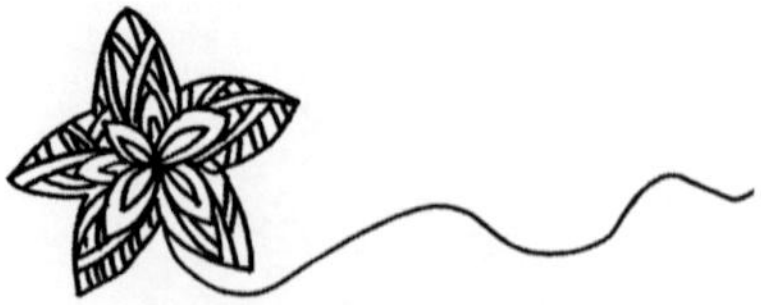

疫情

吳庚琦

從前的我們
笑容洋溢
現在的我們
不見笑臉盈盈
到底何時才能擺脫
掩蓋笑意的面罩呢

疫情

劉語婕

病毒像惡魔
不斷給病人折磨和痛苦
我們努力對抗
希望
得到救贖
我們究竟能否
戰勝

疫情

顏菀昀

青春年華
突如其來的
病毒
盤據世界三年
生活步調被打擾
口罩成為必備品
一場打不完的仗
沒有人知道他
何時離去

赴沙場・歸鄉

劉宓

黃塵飛揚，
萬馬奔沙場。
千戶少年迫離房，
思念幾人能扛？
一年血氣方剛，
五年心灰意涼。
十年終於歸鄉，
入眼唯是空堂。

風

林欣蓓

輕輕的
思緒在空中飄動
靜靜的
髮絲也如風箏飛揚
偶爾
偶爾也希望
有人能在身旁

風

黃奇日

我旅行
走過人群
跑過馬路
爬過高山
越過原野
最後由大海
前往另一個國家

修煉

高子晴

漆黑的舞台上
明亮的聚光燈
稍縱即逝——
背後藏的是
一年年的歷練

夏天

吳翊萱

夏天有位吸血鬼
在人耳邊嗡嗡叫
夏天有個音樂家
喜歡在早晨唱歌
曬著暖暖的陽光
過了一天又一天

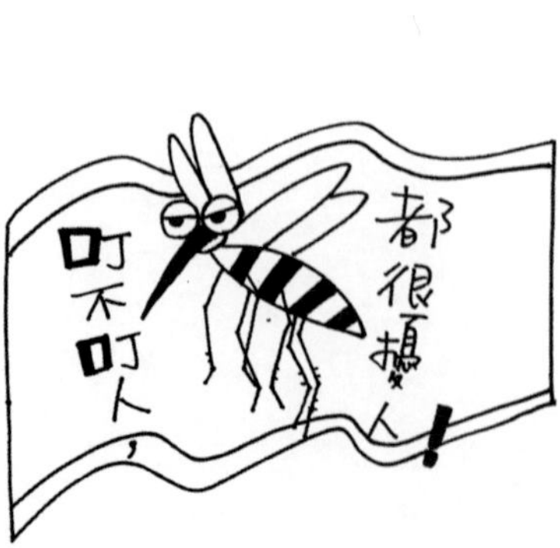

夏天

雷馥寧

蟬鳴聲聲
陽光正好
微風不燥
我們相遇在那個夏天
季節走向金黃
少年也終將成為寶藏

恐龍

陳立宸

我是曾經的霸主
地球是我的領土
現在
我的骨頭
被埋葬在曾經的領地
等待人類來考古

時辰

許宸愷

太陽西下
夜闌人靜
還沒吃飯
肚子超餓
睡了一覺
黎明將至
夜晚化為灰燼
宛如肚子一般
一片空虛

時間

楊定緯

它就像流水般，無聲無息的流逝著。
可以讓人忘掉痛與恨，也能掌控人的生與死。
俗話說：「一寸光陰一寸金，寸金難買寸光陰。」
它是無價的，
就算你有再大的權力，就算你有再多的金錢，
也不能擁有它。
它就像一支離弦的箭，一去不返！
如果不好好珍惜，
那你只能悔恨、嘆息。
它是珍貴的，

也是無情的。
能好好利用它的人，
能從它身上獲得無窮的利益，
反之不好好利用它，
那你將會一無所有。

時間

許菀庭

時間啊～時間
請你走慢點
我還想做個美夢
讓我再多睡一會兒

時間啊～時間
請你走快點
我在等待下課的鈴聲
我要飛向那自由的操場

時間

王子芸

時間一分一秒的過去
不留任何足跡
默默的訴說
把握好當下
沒人能追得上它
更沒人能捉住它

海

張羽華

眼前一片蔚藍
藏著的
是多少的未知
潛入其中
被未知包圍
反是一片深藍的穩重
耀眼的金黃鑲在你身上
多美啊
在這粼粼波光中

海洋

劉家羚

萬物的生命之泉
獨據地球百分之七十的空間
巨大的身軀
照顧著大多數的生物
如同無止盡的母愛不停歇
是大地的領導者

烏雲

卓振宇

沒人喜歡我
爸媽總和藍天說
為啥生得那麼醜
沒人待見我
當我想和人們說
卻用雨具躲避我
我很傷心
像嬰兒一樣的大哭
也沒有人想安慰我
忽然　我擦乾眼淚

小草在對我微笑
小花在為我而歌唱

畔・盼

林亮岑

一身戎裝　凱旋歸來
回首
你卻已不知去向
金黃色花瓣飄散
朱色窗櫺　青煙炊起
筆墨下一面面的你我
蕩漾
在身旁的菊花畔

疾情

張姵姍

疾情就像可怕的惡魔
吞噬每個人的健康
像個冷血的法官
無情地宣佈
重症者的生命已到了盡頭
人們只好乖乖戴上口罩
遵從它　服從它

紙星星

劉怡臻

尋常普通的小紙條
卻承載人們的
渺小心願
也成為了
人們達成願望的
「魔法小天使」

耿耿於懷

江羿朵

燦爛的煙火也有明滅的時候
盛開的煙火也有凋零的時候
再美的風景也有消逝的時候
如今
你的無心之詞
再使我跌入世俗中

迷茫

王秋雅

祢似夏日陽
溫暖我心
祢似冬日雪
冰凍我心
人鬼殊途
靠近祢　遠離祢
我不知道

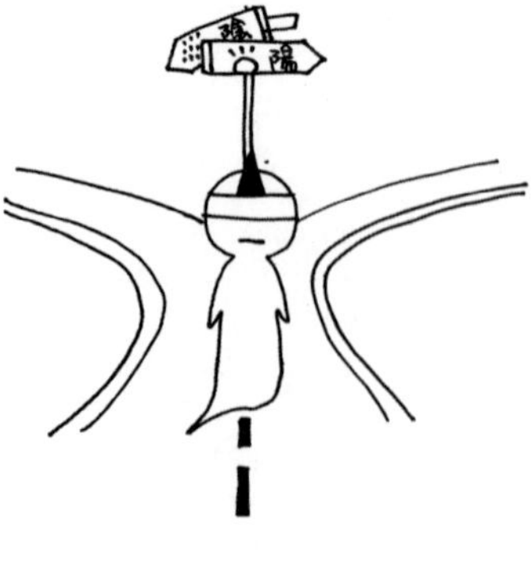

迷途之羊

林冠廷

我癡癡等待你的訊息
我以為
你記得
我們曾經的約定
天上失去光芒的星星
地上失去花香的玫瑰
I lose my way
Like a lose sheep
When I miss you
過去的回憶

追雷

蔡皓翔

天空中
一道耀眼的光芒
穿透了
烏雲織成的密網
這樣的景象
使我不再迷惘

我想追上
朝著雷的方向
不管她在多遠的地方
我都相信自己能夠追上

國中新生活

張家綺

進入內中７１９
大家都有同學愛
努力學習好成績
運動細胞一級棒
下課都有開心果
１９１９歡樂多
彼此關心很溫馨

教室裡的桌椅

梁品捷

簡單又耐用
主人每年換
無論高矮胖瘦
都沒有嫌棄
它是個百寶袋
裡面裝滿了書籍
也裝滿了雜物
它是學習之處

每年看舊主人畢業
很欣慰　也很不捨
但它還是繼續迎接
它的新主人

梅花

陳宛昀

梅花
是個堅強的人
堅強的他不願對寒冷的北風低頭
在一個大雪紛飛
大地覆蓋著冰霜的季節
他獨自綻放花朵
為冬天添增一絲美麗

淚

張綺芸

風一吹
樹上的葉子
輕輕飄落
話一出
眼眶的淚水
不由自主的
流下

現實

何芯語

狂風
捲過無數個家庭
悲傷
好似現在的流行
財富與權力的爭鬥
使許多人喪失性命
此事何時能落幕
但願世界維持和平

畢業

楊舒閔

梧桐樹枝繁葉茂的下午
像往常一樣放學　卻沒有回來
夏天的悄悄到來
帶走了一群少年
千百萬個人　千百萬個不同的夏天
相同的　只是告別

眼鏡

陳冠璇

馬賽克
充斥著我的世界
是你
引領著我回到了曾經
與我同行
你不告而別
我無力攔阻
在彼岸與此岸間來回
哪怕僅是個微不足道的消息
我也想尋出一絲蹤跡

到頭來
我又是尋回了個
與你如出一轍的替代品

眼睛

劉冠廷

靈魂之窗
看見萬物
人生百態
大千世界
光明
也看見
人性醜陋
窮困
悲傷

許願樹

江若妤

其實任何一棵樹
都願意與我交談
我將樹告訴我的真理
一一貯藏
然而那些自顧自說個不停的人
還有那些無法傾聽的人
永永遠遠無法從任何一棵樹的蜃中
聽見任何一個音節

貪婪

黃瑨芳

戰場上的士兵不斷逃
命，鐵製的武器不停
揮打，深怕被捲入
深不見底的黑洞，而
這些，都只是為了，
得到我們的滿足。

雪

黃子家

寒冷凜冽
雪
從天而降
落入手心
溶化
成水

鳥叫

林以欣

輕輕地
喚起我沉睡的心
柔柔地
將我帶離夢的世界
拉進一個
希望的早晨

麻雀

劉宸均

愛八卦的麻雀
在樹林間
四處跳盪
一顆顆的果實
是你的美食
吃下
為大自然傳宗接代

曾經

馮子菁

曾經你是多麼的不捨
你們再也不像以前一樣
但你卻仍然記得他的生日
他的近況與舉動
分手後依然沒通過一次電話
甚至發簡訊也會猶豫
因為你害怕、太久沒接觸
希望對方先開口
可是你心裡知道
你們是不可能在重來的

隨著時間成長、隨著記憶老去
重新來過，接受下一段感情

曾經的你

胡航菱

既使擁有過你
但終究還是失去了你
如果當初沒有錯過你
你必定屬於我
十年修得同船渡
千年修得共枕眠
明明就不習慣牽手
為何卻主動把手勾

最後的目的地

薛宇鈞

人在火車裡跑
火車在地球跑
地球在太空裡跑
太空在銀河裡跑
誰都　下不了車
誰都不知道
最後的目的地在哪裡

等待

林珊伃

我站在原地望著你
看著淡藍的天空
我的天空卻是黑色
思念你
讓我無法思考
淚眼模糊
口中含著淡淡的鹹味
那是等待

等待

林姸萱

在歷經紛爭後
你轉身離去
在時間的長何裡
我默默守候
願你回首
發現我

街角

黃姵縈

我走過最美的街角
遇過最擁擠的人潮
看見你幸福的嘴角
我曾以為那是你最真實的面貌
直到你投入她的懷抱
彎彎的眉毛　笑開的嘴角
都是你們幸福的指標
於是我回到那個街角
等待下一個人潮

雲

謝文璇

我是一朵雲
在天空看遍了世界的美麗
但也經歷了狂風暴雨的磨練
所以
現在我只想要
懶洋洋地在天空的走廊上
散步

雲

吳若童

天上的雲朵
猶如一隻隻可愛的小綿羊
在淡藍的畫布上躍動著
綿羊的嘴裡含著一朵棉花糖
鬆鬆軟軟
忍不住咬了一口
真美味

雲

徐以芳

像蓬鬆的棉花糖
高高掛天上
看得到　吃不到

像神奇的魔術師
變成羊　變成貓
想摸卻摸不著

最怕的就是風
只要吹一下
就瞬間消失不見了

雲

楊沛蓁

他是一位魔術師
一下變成兔子
一下變成貓咪
一下變成小狗
下一秒又會變成什麼

雲和海

呂沛芩

雲朵飄了過來
柔軟的棉花
飄到了海的上方
靜靜看著遼闊的大海
慢慢離去
看著白雲離去的海
更傷心了

黑貓

范家瑜

素淨如夜空的美姿
悲傷？高貴？
閃爍如星般的金黃色眼睛
你的思緒被深深吸引住
主人愛你情深
也許是詛咒魅惑
也許是來自生之幸運

傷心

王芷鈴

破碎的心　在這裡
已回不去原本的清晰
你早已遠去的身影
沒有挽留　只剩我
還徘徊在回憶之中

愛情

林錦宏

愛情是世界上最美好的東西
可以讓人忘去煩憂
如天堂
愛情是世界上最殘酷的東西
可能會造成無法抹滅的傷害
如地獄

蒲公英

羅奕捷

一粒一粒的種子
隨風飄著、搖著
被土壤保護著
被雨水澆灌著
為這世界帶來了
新生命

夢魘

李研瑄

入夜
走進夢中
巨獸趁虛而入
即將放映一齣驚悚電影
黑暗中
嘶吼著
是牠讓你恐懼著
恨不得逃離
但恐懼依舊存在
腦海裡

漸層

林建承

一開始都只是無奇之色
在無數的洗刷調和
已有了不同的顏色
花樣層次
有韻味的
這就是漸層
好比一顆成熟的心靈

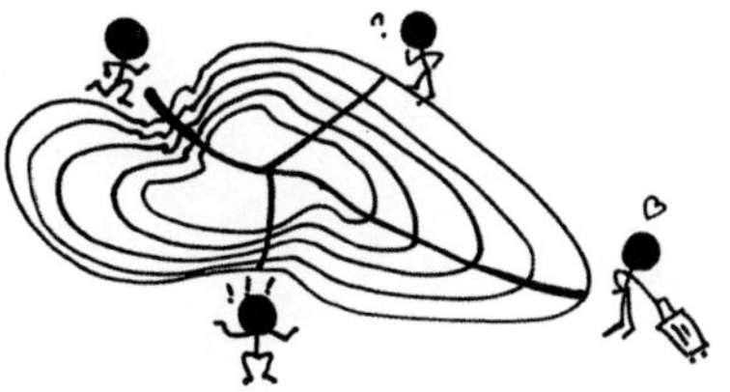

營養午餐

柯定宏

廠商逸馨園　沒加鹽
加了鹽　一點點
喝了湯　沒鹹
同學怕得帶包鹽

塑膠片　在邊緣
裝到的人他倒楣
每一桶　都危險
隔天雞腿來一點
沒想吃到塑膠片

雞腿都來點
如果雞腿沒加鹽
全體反抗逸馨園
同學的鹽來一點
逸馨園轉一星園

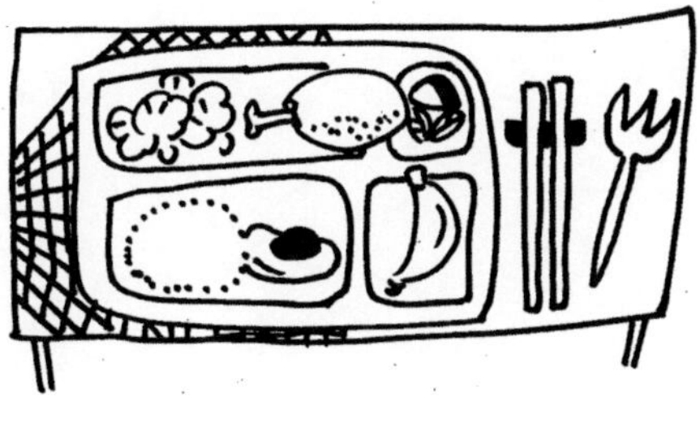

廚房

史念樺

咕嚕　咕嚕　咕嚕
這是什麼聲音
原來是湯咕嚕叫
嗶嗶嗶　嗶嗶嗶
又是什麼聲音
原來是飯嗶嗶叫
咕嚕　咕嚕　咕嚕
又是什麼聲音
肚子咕嚕的聲音

數理資優・憂

許哲睿

π
什麼鬼
無限不循環
想到讓人覺得煩
sincosten
算幾不等式請不要再搞事
證明海龍公式仍是一件大難事
泰勒展開式有點熱歐拉公式有點嘔

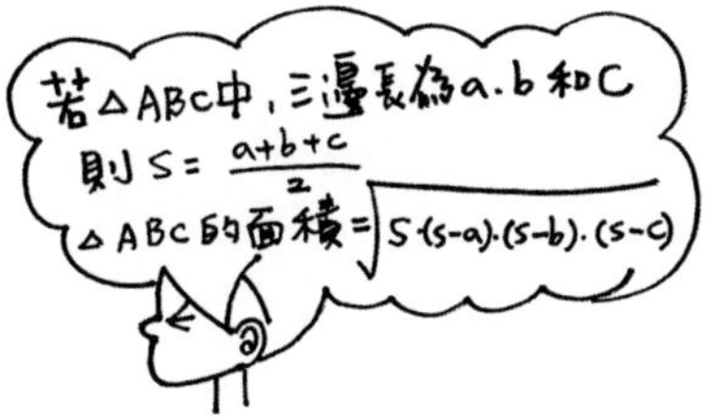
若△ABC中，三邊長為a.b和C
則S = (a+b+c)/2
△ABC的面積 = √(S(S-a)·(S-b)·(S-c))

熟悉的背影

戴彤恩

早早就站在巷口期待著
靜靜的
突然
出現你熟悉的步伐聲
啊！我緊張的整理著衣著
陽光普照
照到你我的心房
而我就在你的身後
看著你熟悉的背影

歸剛欸

林家豪

整天學奇奇怪怪的東西
等差數列
等差級數
等比數列
歸剛欸
線型函數
常數函數
一次函數
歸剛欸

獵豹

林廷威

我跑步
追趕著
一隻肥美的羚羊
短短的五秒鐘
已經把羚羊
吞下肚

蟬

史念樺

嘰嘰嘰嘰
聽
是誰在叫
一身黑色的身體
一雙薄透的翅膀
嘰嘰嘰嘰
冬天在地底下
夏天在樹上叫
啊
原來是蟬

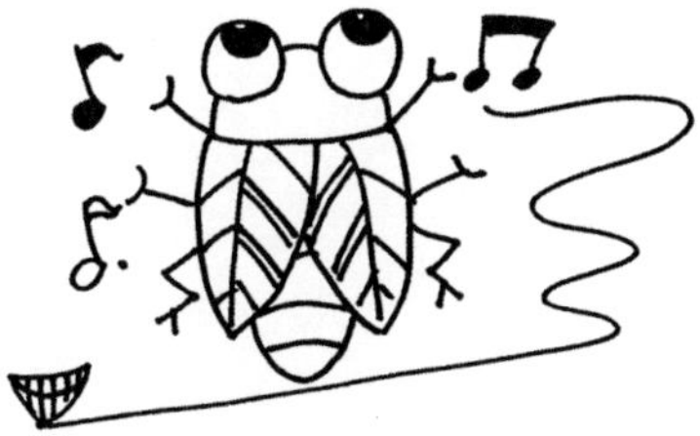

癡癡的等

黃詠倢

一棵鐵雕的樹，癡癡的等
等繁花含苞、盛開
一隻田野烏鴉，癡癡的等
等白鴿的甜言蜜語
一顆皎潔月亮，癡癡的等
等太陽溫暖的懷抱

在廢棄的火車站
我痴痴的等
等火車行駛過來

曾經揮手告別的手
再拉起一段美好的
——手牽手

籃球

江承翰

將磚紅色的球投向籃框
以拋物線劃過天空
用完美姿態空心入網
清脆的一聲
唰——
彷彿海面激起了一道浪花
當球應聲落網
煩惱也將煙消雲散
我最愛的運動

鐵石之心

張舒涵

看不透你
如鋼鐵的心
石頭般堅硬
落下冷靜的雪花
每片都如此鎮靜
令人難以捉摸

樹

沈柏睿

喧鬧的城市中
你是唯一的清新
在街邊的一角
默默吐出
氧氣

樹

黎品睿

佇立在人行道上旁
默默為世界帶來生機
付出了鮮潔的空氣
卻淨化不了
人類製造的污染

曇花

林欣玄

一個靜謐的夜
雷電閃爍
你就此綻放
剎那的美麗
造就瞬間的永恆
我為你守候
你卻只停留片刻
便不復存在

糖果

陳語淇

可以撫平人心
可以拯救一條命
可以抵過難受的苦味
可以使人開心
但卻無法滋潤我的生活

螞蟻

鄧丞希

我們是一群
認真的工人
我們還是一群
勤勞的上班族
跟著同伴的的痕跡
一步一步
完成我們的使命

蟑螂

牛曉敏

我是一隻
飢餓的蟑螂
不能走上大街
揮霍一頓餐點
幾十年來
四處躲著
黑暗的垃圾桶
是我唯一的
餐廳

霞光漸沒

張甯

想在無數燦爛的日子裡
向你奔去，
想在無人問津的深海裡緊緊
握住你的手。
我們一起經歷過好多昨天，
也在看不清的未來裡
陪伴彼此。
答應我，
在那個春暖花開的季節，
等到那時，

我們一起綻放。

（作者註：同性愛情題材，標題靈感是張國榮出演的《春光乍洩》）

愁

施紹聖

蒸餾
發酵
橡木桶
那是酒
啤酒
高粱
威士忌
那是酒
在口中細韻的
朋友啊

那不是酒
是憂愁

愛情

張萱妤

偶然一次我與你的邂逅
我們是彼此最知心的好友
我們順理成章的在一起
熱戀時期的我們是如此甜蜜
分別時是多麼痛徹心肺
最終在你向我告白的巷口
我們不歡而散

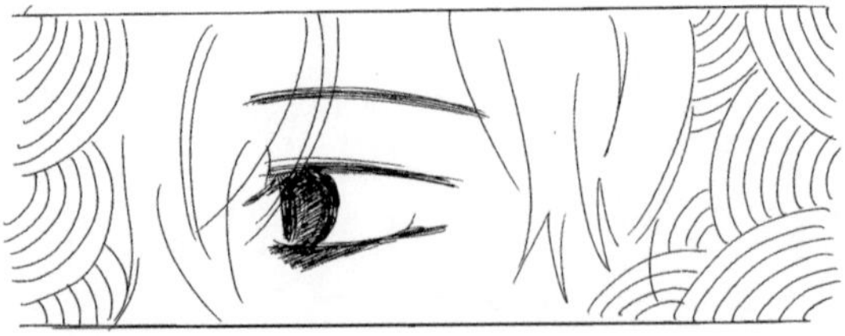

滄海一粟

李梓寧

在海邊等待潮汐漲退
感受海風帶來的陣陣鹹味
看著漸落的夕陽
體驗時間的轉瞬即逝
橘紅色的晚霞
描寫著這個廣袤無垠的世界
而在沙灘上靜靜凝視一切的我
第一次深刻的體會到
渺小，才是最能代表人類的形容詞

愛情鳥

莊苡診

我是一隻
嚮往愛情的鳥
不能和相愛的人
一起出遊
二十四小時
待在空無一人的監牢
啾啾地叫著
沒有歡樂
更無法逃離

郭彥甫

新地球

人們，很驕傲
臉上，很單調
日夜不分，各個忙碌
天空，剩下黑
地球，卻充滿光
海成了陸
冬成了夏
地球，沒了生氣

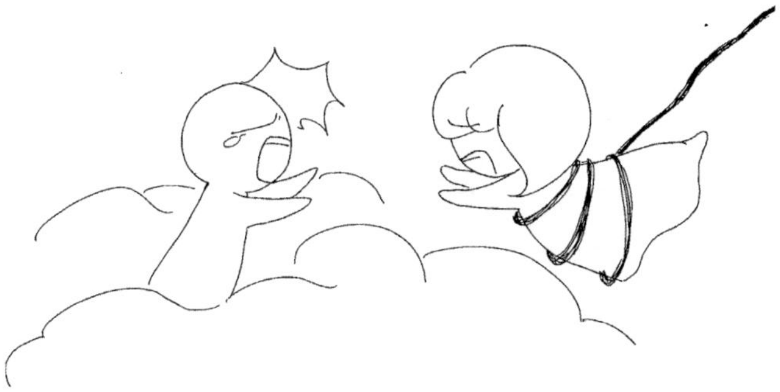

落空

許宸凱

我從不看月亮
因為柔和的月光宛如你那靈巧的手
我從不看太陽
因為溫暖的太陽宛如你那開朗的個性

你曾跟我說要白頭偕老
我抱著一顆滿懷期待的心
想在煙火下與你相會
映入眼簾的卻是我那碎滿地的期望。

葉子

陳玨旻

葉子　隨著風飄入了大海
順著海來到了我面前
瞳孔　不知你的來歷
卻記住了你的嫩綠
無數個春天過去了

當再次見到你
你依舊那麼綠
我的頭髮卻不再烏黑
青春不再
只餘你的綠　永駐

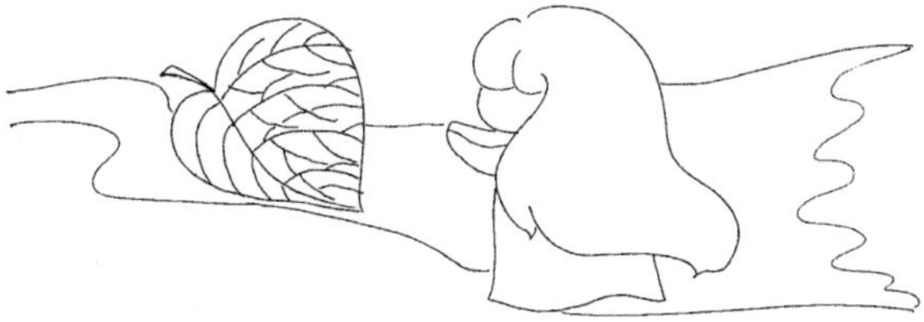

鉛筆

彭暄芸

它輕輕地來
正如它輕輕地走
鉛筆不等人
但你要等它
一天一天
每分又每秒
不管傷心或難過
都是鉛筆記錄的
一支又一支
每天都更新

你不記得它
但它幫你記錄
記錄生活的點滴
都是你的回憶

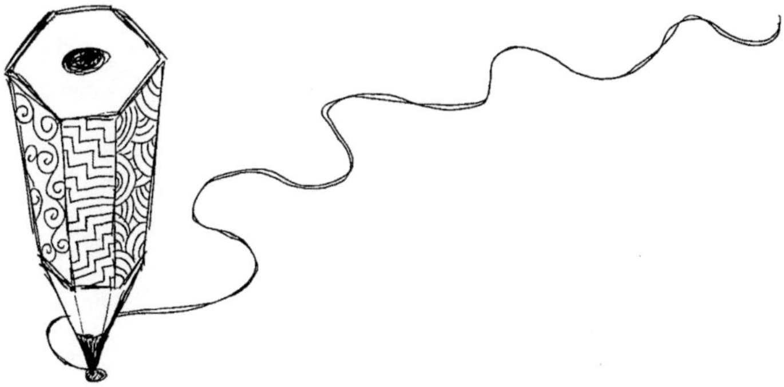

遊戲

巫智傑

遊戲像一個無止盡的黑洞
也像寄生在身上的病毒
一點一點的把我的時間與金錢
吞噬掉
換來的只是那不對等的成就感
但又一再促使著我開始下一場比賽
遊戲終究是虛擬的
還是要面對現實

夢

康喬安

黑夜降臨
我與你也散了
夢也悄悄進入我腦海裡
在夢裡
不可能發生的事情都實現了
我也再次和你相遇了
可……就算這樣
我對你的思念也一成不變
和你在一起是我最幸運的事
也許作夢往往比現實來的好

夢想

金予恩

你是否曾追過，
你是否渴望過，
那些在青春時，
在那血氣方剛，
那熱血的時候，
許下的一些夢，
一些離線在，
遙不可及的夢，
努力的去實現，
卻不斷的失敗，

但始終不放棄，
最後一刻，
全部開花結果，
那些喜悅，
那些感動，
都是滿滿的成就感。

舞台

張孟珊

布幕升起
光鮮亮麗的人偶
今天依然微笑著轉圈呢

轉啊轉啊
燦爛的笑容依然沒變呢
僵硬的像在譏笑自己

轉啊轉啊
心底的傷依舊未好呢

微笑依然還在呢
舞姿再如何曼妙
尖刺的言語始終在呢
染血的刀上還溫熱著
滴
答
綻放了一地的鮮紅

蒲公英

賴文宥

一株細膩的蒲公英
盛滿了大大小小的夢想
一縷風緩緩吹過
一艘艘船兒就此啟航
風停了
一些在海上漂泊
一些已停靠在碼頭

影子

王詩淳

虛偽的友誼有如你的影子
當你在陽光下時
它會緊緊地跟著
你一旦走在陰暗處時
它立刻就會離開你

數學老師

謝承叡

老師就像我的絕對值
在我想要變壞時
把我導回正軌
當我認真向學時
老師也像我的平方
讓我的知識豐富又正向
如果我沒有讀書的心思
老師的教誨
也不能讓我回歸正值

藍

計朵昀

天的無垠　海的浩瀚
海天一色

畫家寄於丹青的憂鬱
客家花布上的勤儉與堅持
疫情初起人們臉上的護盾

靜謐　沉著　溫柔

孕育出青
卻不如

轉世

黃詠倢

夕陽映入暮天
碧池蕩漾餘暉
輕舟行駛紅光滿面的湖水
如七彩的漣漪一波波
水草伸出千萬隻手
抓不住夢幻
錦鯉深潛
只為拾起片刻的春光

夜雨
雨滴落下參差
如夜空殞落的星子
貫穿江湖的胸襟
點燃多少愛恨情仇？
夜雨直直落
無情摧毀不願沉睡的夢
揉不碎情愛的桎梏

忘卻傷心
刻骨的紅塵往事
舀一湖春水
化作一杯孟婆湯
期待來世再續前緣

雞

葉品希

養雞　每家不一
我家　籠裡
玉米粉　清水　一盞橘黃　偶爾配飯
好一個溫暖的家

大了
有時開籠　他們盯著　舉步匐前
有時　不　他們痴得望穿
有時　不知是開是關
啄著籠　試探

叫　不解　早早的熄燈
羽豐　不再柔　半膽起來　甚至拍翅
相處時間　趨減
喔　我知道的
又或許只是　太忙
左右　同處境的
至少　相挺相依

我願自己是小雞
我也願自己只是雞

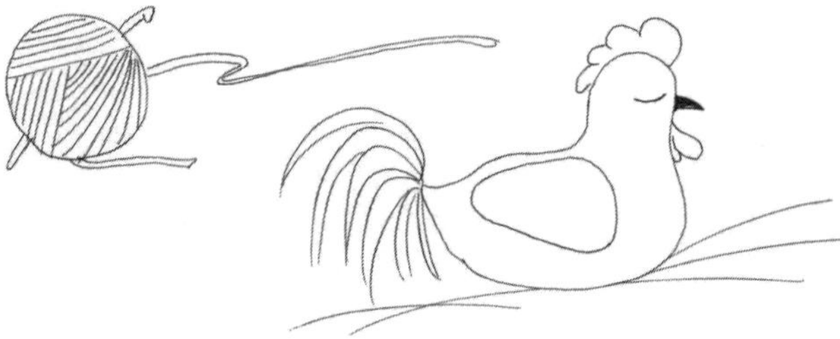

闖

吳莘渝

不想再被迫接受那份命運，
不想再面對結局無能為力。
就算與世界背道而馳，
也要跨越世代去追尋那縷微光。
不放棄，
即使前方荊棘成林。

戰爭

高博鈞

坦克輾過的那綠野
轟炸機炸過的那棟宅
滿地死屍臥躺
硫磺味、火藥味、血腥味
充斥大地
耳鳴著
是轟耳的聲音
還是無辜的靈魂
在吶喊著

戰爭

杜祐羽

殘酷的戰爭降臨
大火燃盡我們的家園
我們已無能力作戰
只好把固若金湯的堡壘當成家
一個沒有家人的家
寫好的家書無法寄出
只因為沒有人收
皎潔的月光
照進了我們的堡壘
也射入了我思念家人的心房

萬惡的敵人
何時才會放棄對我們的進攻
還給我們一個平安的家鄉
天邊的流星悄聲劃過
啊　我的家在何方

戰火

張育誠

那一點一點的火光
不是希望
而是痛苦的炙熱地獄

那地面上深深的車轍印
承載的不是喜樂的心
而是滿載著仇恨的情緒

人們究竟何時才能諒解對方？
何時才能從深淵中找到一絲可貴的良心呢？

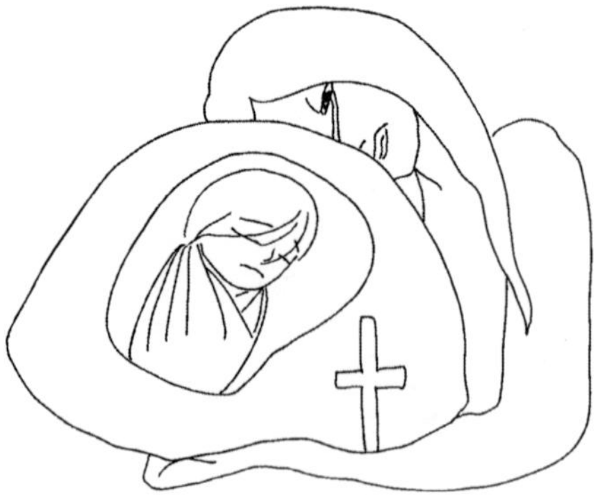

戀

黃芷翎

眼神中有絲絲情意
唇瓣中有甜甜蜜語
千年的約定不曾忘記
但願白頭偕老
絕不分離

戀

林晨桓

初戀的那種感覺
在甜蜜中帶著羞澀
懵懂中帶著迷戀
兩人稚嫩的臉龐
陪伴著彼此的青春年華

曖與昧，忽冷忽熱的態度
明與暗，無意間的碰觸

如果你是花，我便是那蝶
如果你是樹，我便是那葉
如果我是花朵，願再為你綻放一次
甘願而幸福……

鬧鐘

劉宇珊

鈴鈴鈴
是誰衝破了寂靜的晨曦
就如同準時的雞仔
天天不厭其煩地啼著

鈴鈴鈴
是誰開啟了我美好的一天
就如同電影的片頭曲
以你為主角的戲劇開演了

鈴鈴鈴
是誰喚醒了遼闊的世界
就如同輕柔的光
將你　將我　將萬物
從無盡的黑夜裡
救了出來

正當我沉睡著
那個他……
卻用盡吃奶的力
喚醒我

願

陳亭叡

我願是滿天的星星
為你　照亮整片天空
我願是一朵玫瑰
為你　尋找愛情
我願是一輪明月
為你　點亮道路

少年文學63　PG2953

一頁・知青

主編／陳秋貝
封面繪圖／謝秀鳳
內頁繪者／莊煒明、林育玫、范瑀嫻
責任編輯／洪聖翔
圖文排版／陳彥妏
封面設計／王嵩賀
出版策劃／秀威少年
製作發行／秀威資訊科技股份有限公司
114 台北市內湖區瑞光路76巷65號1樓
電話：+886-2-2796-3638
傳真：+886-2-2796-1377
服務信箱：service@showwe.com.tw
http://www.showwe.com.tw

郵政劃撥／19563868
戶名：秀威資訊科技股份有限公司
展售門市／國家書店【松江門市】
104 台北市中山區松江路209號1樓
電話：+886-2-2518-0207
傳真：+886-2-2518-0778

網路訂購／秀威網路書店：https://store.showwe.tw
國家網路書店：https://www.govbooks.com.tw
法律顧問／毛國樑　律師

總經銷／聯寶國際文化事業有限公司
221新北市汐止區康寧街169巷27號8樓
電話：+886-2-2695-4083
傳真：+886-2-2695-4087

出版日期／2023年6月　BOD一版　**定價**／250元
ISBN／978-626-97190-4-4

讀者回函卡

秀威少年
SHOWWE YOUNG

版權所有・翻印必究　Printed in Taiwan　本書如有缺頁、破損或裝訂錯誤，請寄回更換
Copyright © 2023 by Showwe Information Co., Ltd.All Rights Reserved

國家圖書館出版品預行編目

一頁.知青 / 陳秋貝主編. -- 一版. -- 臺北市 :
秀威少年, 2023.06
面； 公分. -- (少年文學 ; 63)
BOD版
ISBN 978-626-97190-4-4(平裝)

863.51 112007398